Runners High

von Meteoriten, Himmelsflügen und anderen
Erlebnissen

Kurzgeschichten

Marten Petersen

AF188928

Bibliografische Information der Deutschen
Nationalbibliothek: Die Deutsche Nationalbibliothek
verzeichnet diese Publikation in der Deutschen
Nationalbibliografie; detaillierte bibliografische Daten
sind im Internet über http://dnb.dnb.de abrufbar.

Cover und Layout: Manuela Wirtz, www.manuwirtz.de

Herstellung und Verlag: BoD – Books on Demand,
Norderstedt

ISBN: 978-3-7460-0702-1

Inhaltsverzeichnis

Blindlauf

Zehn Minuten sind wir unterwegs, ungefähr zwei Kilometer. Wir haben also noch gut vierzig Kilometer vor uns. Wir, das sind mehr als vierzigtausend Läufer, Männer und Frauen, Leistungssportler und Hobbyläufer, Deutsche, Dänen, Franzosen, Amerikaner, aus allen Erdteilen. Sie alle verbindet der Marathonlauf, diese Herausforderung, die wohl keiner, der ihm nicht verfallen ist, verstehen oder nachvollziehen kann. Sie alle sind genau so verrückt nach dem Lauferlebnis des Jahres, auf der Suche nach dem Kick, von vielen auch „Runners High" genannt. Nur wer es selber erlebt hat oder sich schon auf dem Weg zum ersten Marathon-Finish befindet, kann verstehen, welch großartiges Erlebnis es ist, sich so zu verausgaben, dass man sich wie in einer anderen Welt befindet, dass auf die totale Anspannung die totale Entspannung folgt. Ein Glücksgefühl, das Tage und Wochen anhält.

Auf dem Weg zwischen Start und Ziel bewegt man sich in der Menschenmenge hin und her, vor und zurück. Die Masse ist nicht homogen, nicht statisch. Sie verändert sich stetig und wir als Einzelne befinden uns stets an einem anderen Punkt innerhalb dieser Masse.

Man überholt, wird überholt, läuft auf der linken oder rechten Seite des Läuferfeldes, lässt sich vorübergehend zurückfallen oder zieht mit einer Gruppe davon. Hier ein paar Wörter, da ein netter Blick, ein kurzes Lächeln, eine abweisende Haltung. Auch wenn alle das gleiche Ziel haben: Innerhalb der Laufgemeinschaft ist jeder auf sich gestellt.

Ein junges Paar fällt mir auf: Sie trägt eine dunkle Sonnenbrille, er ein buntes Stirnband. Und sie halten sich an den Händen. Nein, nicht ganz, denn sie sind mit einem kurzen Band, einer Kordel, das sie sich um die Handgelenke geknotet haben, miteinander verbunden. *Wozu das?* frage ich mich, *was soll das bedeuten?* Die Antwort findet sich auf ihrem Laufshirt: „Blinde Kuh läuft Marathon!" Nun verstehe ich: Sie ist blind und er führt sie durch Berlin. Ich laufe etwas näher zu den beiden auf, so dass ich seine Erklärungen verstehen kann: „Wir kommen jetzt am Reichstag vorbei, und den neuen Hauptbahnhof sehen wir auch. Nun dauert es nicht mehr lange, dann haben wir das Rote Rathaus erreicht. Links ist der Pariser Dom, rechts der Deutsche. Ein wunderschöner Platz, vielleicht der schönste in ganz Berlin!" Und sie nickt mit dem Kopf, als ob sie das alles selber sehen kann.

Ich bin von dem, was ich da erlebe, ganz fasziniert. Eine Weile höre ich den beiden noch zu, wünsche im Vorüberziehen viel Glück und nehme mein eigenes Tempo, meinen eigenen Rhythmus wieder auf. Bald verfalle ich in einen gleichmäßigen, fast automatisierten Laufstil, gleichbleibendes Lauftempo, nur unterbrochen von den Verpflegungsstellen. Jazz, Samba oder auch Marschmusik von vielen Bands längs der Strecke. Cheerleader tanzen ihre Formationen. Lautsprecheransagen. Zurufe aus der Menge. Kinder, die ihre Hand ausstrecken, um von uns abgeklatscht zu werden. Ich schaue selten auf die Uhr, sondern laufe so, wie ich es in etwa eintausend Trainingskilometern zuvor geübt habe. Die letzten zwei Kilometer liegen vor mir, in der Ferne kann ich schon das Brandenburger Tor erkennen, kurz dahinter muss die Ziellinie sein. Unglaubliche Zuschauermengen tragen uns mit ihren begeisterten Anfeuerungsrufen förmlich dem Ziel zu. Wieder werde ich von dem Gefühl unglaublicher Zufriedenheit, ja Dankbarkeit eingefangen, als ich die Ziellinie passiere. Das ist der wohlverdiente und so sehr gewünschte Lohn nach dreieinhalb Stunden Laufen, mit allen Schmerzen und Freuden, aller Begeisterung und auch den Selbstzweifeln. Kaputt, aber zufrieden, müde, aber glücklich. Geschafft! Noch halb in

Trance spüre ich, wie mir jemand die Medaille umhängt, einen kurzen Glückwunsch dazu. Trinken, zwei, drei Becher Wasser und isotonische Getränke, eine Banane, ein Müsliriegel, alles kann der Körper nun gebrauchen. Feuchte Hände drücken, zitternde Schultern klopfen, Glückwünsche von fremden Menschen, sogar in fremden Sprachen. Egal! Wie gut das tut! Der Kopf wird langsam klar, die Wahrnehmungsfähigkeit kommt zurück.

Und dann sehe ich sie, die beiden von unterwegs. Auch sie haben es geschafft, sind noch mit der Kordel verbunden. Und die blinde Frau erzählt begeistert von dem, was sie unterwegs *gesehen* und erlebt hat: Den Reichstag, den Fernsehturm am Alexanderplatz, die Menschenmassen in Kreuzberg und beim „wilden Eber", das Brandenburger Tor! Wenn man es nicht besser wüsste, man könnte glauben, dass sie alles mit eigenen Augen gesehen hätte.

Eine wundersame Europareise

„Dezemberhimmel mit großem Sternschnuppenschwarm, den Geminiden, aus dem Gebiet des Sternbildes der Zwillinge".

So las ich in einem Bericht unserer Tageszeitung. Wow, das hörte sich spannend an. Wäre doch wunderbar, wenn man den einen oder anderen der Geminiden-Schnuppen sehen könnte! Also raus zum Lauftraining, und zwar im Dunkeln. Natürlich auf einer Strecke, die möglichst nicht durch Ortschaften führt, sondern über kleine Straßen, abseits der Laternen und Autoscheinwerfer. Hier waren Begriffe wie "Himmels- oder Lichtverschmutzung" noch Fremdworte und man konnte nachts Sterne sehen, was in der Großstadt kaum mehr möglich war. Ein klarer Dezemberabend bei zwei Minusgraden, somit beste Voraussetzungen, um dieses Himmelsphänomen zu sichten.

Ich nahm mir eine Strecke von gut 10 km vor. Das musste reichen. Nicht allzu schnell sollte das Tempo sein, ich wollte schließlich mehr auf den Himmel als auf den Boden schauen.

Entspannt trottete ich los, verließ die dörfliche Bebauung und tauchte in die kalte Dunkelheit der Winternacht ein. Erst dort blickte ich erstmals nach oben und nahm extrem viele helle, klare Sterne am tiefdunklen Himmel wahr. Plötzlich tauchte eine kleine, glitzernde Sternschnuppe auf, die langsam blasser werdend zu Boden sank, und kurz vorher verlosch.

Da war sie schon, die erste Belohnung für meinen Lauf. Das Glück blieb mir treu und ich sichtete im Nordosten mehrere unterschiedlich hell leuchtende Schnuppen gleichzeitig. Ich konnte es kaum fassen!

Eigentlich sollte ich nun umkehren, wenn ich mein Trainingspensum einhalten wollte. Aber das Schauspiel war einfach zu aufregend. Ich lief weiter, den Blick hin und wieder zu Boden, meist aber gen Himmel gerichtet. Wieder kam eine Belohnung, und so großzügig! Eine Sternschnuppe kam waagerecht daher, zog über einen großen Teil des Himmels hinweg, ständig die Farbe wechselnd, gelb, mit roten, grünen und blauen Anteilen, mehrere Sekunden lang. Ein unglaubliches Erlebnis.

Ich hatte bereits siebzehn Kilometer hinter mir, musste aber einfach weiter laufen, um möglichst jeden

10

Meteoriten zu erwischen. Ich verfiel in einen rauschähnlichen Zustand und merkte, wie Endorphine in großen Mengen meinen Körper durchfluteten. Sie stiegen aus dem Rückgrat in meinen Hinterkopf und verursachten im Gehirn ein Prickeln wie sprudelndes Wasser. Runners High!

Eine weitere Sternschnuppe tauchte im nordwestlichen Bereich auf, nur leicht abwärts fallend, sich eher waagerecht bewegend, eine rot-blaue Erscheinung. Sie rollte über den Himmel, wobei sie das Aussehen eines lose aufgewickelten bunten Garnknäuels annahm. Wieder andere taumelten wie betrunken am Firmament entlang, einer platzte und trieb als blaukalte Nebelschwade gen Osten. Eine Schnuppe schien auf mich zu rasen, ich konnte ein zischelndes Geräusch vernehmen, als sie verglühend an mir vorüber eilte. Unwillkürlich zog ich meinen Kopf ein. Mit einem langen pffffft entlud sie sich. Übrig blieb eine grünliche Duftwolke, die mir wabernd frisch geschnittene Kräuter vortäuschte. Plötzlich kam sie zurück, blieb an meiner Seite und lief mit mir! Ohne nachzudenken, schwang ich mich auf den Meteoriten und schrie in Überlaune: „Flieg! Flieg mit mir durch die Luft! Europa will ich sehen, ganz

Europa von oben!" Mit einem hohen, schrillen Ton, gleichsam wie sphärischer Klang kam die Antwort:

„Jawohl mein Herr, ich gehorche dir,
am Schluss der Reise gehörst du mir!"

Was sollte das heißen? Meinte er damit etwa …? Ich verwarf alle Gedanken, sie sollten den Zauber des Augenblickes nicht zerstören.

„Was redest du? Mir ist es recht,
ich bin der Herr, und du der Knecht!"

War ich das? Hatte ich das gesagt? Es kam wohl aus dem Unbewussten.

Wir machten einen kühnen Schwung nach Norden. Schnell stiegen wir in die Höhe und überflogen die Nordsee. Ich erkannte das vereiste Grönland und ganz in der Ferne das Polareis. Island folgte, dann die Britischen Inseln. Bizarr zeigte sich die Küste der Bretagne, eine gerade Küstenlinie deutete Südfrankreich an. Ich erkannte die Pyrenäen und schon glitzerte das Mittelmeer unter mir. Kurz vor der afrikanischen Küste drehten wir ab. Die mediterranen Inseln lagen wie Fetzen im Wasser. Beim Anblick des italienischen Stiefels verfiel ich in ein groteskes Lachen. Die Tränen ließen Griechenland verschwimmen. In rasender Fahrt veränderten wir wiederum die Hauptrichtung. Das musste der Bosporus unter uns sein, dann das Schwarze Meer mit dem gewaltigen Donaudelta und der Krim. Der Ural kennzeichnete die östliche Grenze des Kontinentes. Die Ostsee kündigte den Norden an. Wie Sommersprossen erschienen mir die Tausende von Schären vor Schwedens Küste, wie Tränen die unzähligen Seen Finnlands.

Es wurde plötzlich kälter und dunkler, mein Rausch verflog. Ich konnte kaum noch etwas unter mir erkennen. „Dreh um!", schrie ich.

Verzweifelt schlug ich auf den Meteoriten ein.

Lachend erklang wieder die sternklare Stimme:

„Unser Deal ist entschieden,
wir reisen zu den Geminiden!"

Der Totenlauf

Es war ein lauer Augustabend, als ich mich von der Wohnung meines Freundes auf den Weg zum Ohlsdorfer Friedhof machte. Es sollte ein „langer Kanten" werden, ein Lauf also von mehr als zwanzig Kilometern. Wegen der Tageshitze hatte ich den Lauf auf den späten Abend verschoben.

Ich lief die Hauptwege auf dem riesigen Gelände, folgte dann ohne Plan und Ziel den unzähligen Wegen, die das parkähnliche Friedhofsgelände durchzogen. Wunderbare alte Bäume, imponierende Grabstätten, teilweise wahre „Totenhäuser". Marmor- und Bronzeplastiken, aber auch einfache Kreuze und Steine wechselten sich ab. Ich verlor mich in Gedanken, als ich bekannte Namen im Vorbeilaufen erhaschte: Inge Meysel, Hans Albers, Gustav Gründgens, Henry Vahl, Heinz Ehrhardt, Carl Hagenbeck, Helmut Zacharias oder auch den Seeteufel Graf Luckner. Ein alter Trinkbrunnen am Wegesrand. Ich drehte den Hahn auf und ließ das Wasser in meine zu einer flachen Schale geformten Hände laufen. Gerade setzte ich zum Trinken an, als ich bemerkte, dass die Flüssigkeit reichlich träge aus dem

Hahn kam, sie war fast schleimig. Angewidert schüttete ich sie in den trockenen Staub des Weges.

Die Amseln sangen ihr Abendlied, Grillen zirpten, Bienen brummten. Von irgendwo ein paar Glockenschläge, dann ein geistlicher Gesang eines Kirchenchores aus einem der Gebäude. Eine Geige säuselte ein Abendlied, Trauer mit Musikbegleitung. Die mythisch-mystische Stimmung nahm mich gefangen. Kreuz und quer durchstreifte ich den Park, Kilometer reihte sich an Kilometer. Runners High stellte sich ein, ein unglaublich schönes Gefühl ergriff von mir Besitz. Ich nahm kaum mehr meine Umgebung wahr, bemerkte nicht, dass sich schleichend die Dunkelheit eingestellt hatte, bemerkte nicht die Abendfeuchtigkeit auf dem Gras. Ich tauchte ein in ein Zwielicht aus schwindendem Abendlicht und dem trüben Schein der Laternen. Immer noch hörte ich das mondsüchtige Geigenspiel.

Weiter, weiter, weiter … immer im gleichen Rhythmus, ich hörte die Schritte in mir. Dumpf hallten sie auf dem Boden, der Hunderttausende aufgenommen und in Erde umgewandelt hatte.

Ein Geräusch ließ mich zusammen zucken, Stein auf Stein, ein schiebendes Geräusch. Ich blickte zur Seite und sah, dass sich eine schwere Grabplatte zur Seite schob. Eine weiß-skelettierte Hand streckte sich mir entgegen. „Hallo, bist du ein Arzt? Hast du ein Mittel gegen Würmer?" „Nein", antwortete ich, morgen bringe ich dir eins mit." Ich machte schnell auf dem Absatz kehrt und lief weiter. Und wieder lenkte mich etwas ab, ein Klappern, als ob kleine Steine leicht gegeneinander schlugen. Ich blickte zur Seite und sah ein sehr bleiches, altes Gesicht.

Ich kannte sie vom Fernsehen, die Mutter der Nation. Sie bewegte die Kiefer, als ob sie etwas sagen wollte, aber ich vernahm nur das Klappern ihres Gebisses. „Mensch, Frau Meysel, warum haben Sie sich nur so einen miesen Zahnarzt genommen. Das war doch ein Pfuscher!" „Ja", seufzte sie, im nächsten Leben …" Kopfschüttelnd lief ich weiter. Nun hatte sie mit ihrer Schauspielerei doch sicher gutes Geld verdient, aber einen guten Zahnarzt hatte sie sich nicht geleistet. Ich vernahm noch das gackernde Lachen aus dem Nebengrab. Der alte Henry Vahl hatte alles mitgehört und sich köstlich amüsiert.

„Hey Mann, bleib doch mal stehen" wurde ich von der Seite angesprochen. Ich konnte mich nicht erinnern, wer der Mann war, aber irgendwie kam er mir bekannt vor. „Ich schlage dir ein gutes Geschäft vor" drang er auf mich ein. „Fünf Mille, wenn wir tauschen, nur für eine

Nacht, morgen bin ich zurück, dann kannst du gehen. Nur heute Nacht" wiederholte er, „nur heute Nacht, ich habe auf dem Kiez noch eine Rechnung zu begleichen." Ha, nun wusste ich, wen ich vor mir hatte. Er war Pauly St. Pauli, eine Kiezgröße, die bei einem Bandenkrieg auf der Reeperbahn „umgenietet" worden war. Es ging um die Besitzrechte an den importierten Mädchen aus der Tschechei und Russland. „Du kannst mich mal...", schrie ich und haute ab. Manchmal ist Abhauen eben keine Schande! Das Geigenspiel hatte mich die ganze Zeit begleitet, wurde nun lauter. Auf dem Dach des Gebetshauses saß ein Geiger, in ein weißes Hemd gehüllt, mit einem breiten Grinsen auf dem Pfannkuchengesicht. Ich erkannte ihn, hatte ihn oft in Fernsehshows vergangener Zeiten gesehen. Helmut Zacharias spielte unentwegt sein Abendlied.

„Haaallo!", kam ein Ruf von der Seite. Eine tiefe, feste Stimme drang an mein Ohr. „Fahren sie noch? Fahren die Großsegler noch von Hamburg aus? Ich möchte so gerne nochmals um Kap Hoorn!" Ein angenehmer Typ, stellte ich fest und schaute auf den Grabstein. Na klar, hier lag er der alte Seeteufel, Graf Luckner. „Aber klar, doch, alter Seebär, ich versuche, für dich eine Heuer zu finden!", versprach ich ihm und machte mich auf den Weg. Ich hörte noch ein schwaches „Danke".

Plötzlich geriet ich in einen kalten Nebelschleier. Meinte ich! Bis ich merkte, dass der Schleier mich umfasste, mich geradezu einwob. Nur mit Anstrengung gelang es mir, mich zu befreien. Ich stürzte davon, kam ins Stolpern, fiel und rollte über den Weg. Und landete … in einem frisch ausgeworfenen Grab. Benommen schaute ich nach oben, nahm die fahle Helligkeit des Himmels wahr. Dann sah ich sie, die durchsichtigen, wabernden Gestalten, die sich um den Rand der Grube drängten. Sie lachten hämisch, zeigten mit Fingern auf mich, spuckten ins offene Grab. Ihre Konturen zerflossen, vereinigten sich zu einer schleimigen Masse, die sich auf mich ergoss. Verzweifelt versuchte ich, mich davon zu befreien, aber es wurde immer mehr. Der Schleim bedeckte mich, umschloss meinen Körper, mein Gesicht, verstopfte Augen, Nase und Ohren. Ich konnte nicht mehr …

Die Duftquelle

Ein schwer-süßlicher Duft stieg mir in die Nase. Ich schnupperte und schaute mich um, konnte aber die Quelle nicht ausmachen.

Zehn, neun, acht…, zwei, eins Päng! Mit dem Startschuss setzte sich ein Pulk von fast zehntausend Läufern in Bewegung. Eng gedrängt wälzte sich die Menge voran. Und da war er wieder, der Duft von vorhin. Exotisch, eher orientalisch war er. Nun ahnte ich auch, von wem er ausging. Mit einigen schnelleren Schritten war ich dort, wo ich die Duftquelle vermutete. Ja, das war es! Ich nahm den faszinierenden Geruch jetzt intensiver wahr, versuchte, ihn zu analysieren. Mandel war dabei, dazu ein Hauch von Vanille. Sie lief direkt vor mir, mit kurzen, schnellen Schritten. Klein war sie, aber nicht zierlich, kompakt könnte man sagen. Dunkelbraune, eng gekräuselte Haare waren zu einem Zopf geflochten, zusammen gehalten von einer Klammer aus dunklem, geschnitztem Holz. Das Läuferfeld hatte sich etwas auseinandergezogen. Ich lief neben der Unbekannten. Ein kurzer Seitenblick zeigte den dunklen Teint der Frau. Ein paar fast schwarze Muttermale unterstrichen ihr südländisches Aussehen.

Eine Weile trabten wir nebeneinander. Eine schöne Strecke – ich versuchte, ein Gespräch mit ihr zu beginnen. Sie schaute mich kurz an, erwiderte aber nichts, sondern blickte wieder nach vorne. Trotzdem hatte ich einen kurzen Blick auf ihre leicht mandelförmigen Augen erhaschen können, die der Frau ihr orientalisch-europäisches Aussehen verliehen. Nordafrika, schätzte ich.

Die distanzierte Reaktion meiner Begleiterin und ihr Gesichtsausdruck deuteten auf einen eher introvertierten Menschen hin. Vielleicht war die Läuferin immer so zurückhaltend, oder nur in dieser Situation, wo sie sich auf den Lauf konzentrierte. Auch sonst schien sie etwas in sich gekehrt, die Augen ließen eine gewisse Traurigkeit oder zumindest Bedrücktheit erkennen. Körperlich schien sie gut in Form zu sein, allerdings: Wer konnte schon in Körper und Seele hinein blicken? Berufliche oder private Sorgen könnten ihr das Leben schwer machen.

Plötzlich wurde sie lebhafter. Mehrfach wandte sie den Kopf nach rechts, sie schien etwas oder jemanden zu suchen. Im Moment des Erkennens leuchteten ihre Augen auf, sie lief ohne Rücksicht auf mich und andere Läufer nach rechts an den Streckenrand und blieb stehen. Lächelnd beugte die Läuferin sich zu einem kleinen Jungen hinunter. Sie umarmten sich kurz, und ich sah, wie der Junge sein Schild mit „Lauf, Mami!" in den Matsch fallen ließ. Ich war automatisch langsamer geworden, während ich die Szene beobachtete. Dann nahm ich aber mein eigenes Tempo wieder auf und war mit meinen Gedanken allein.

Das Bild verfestigte sich. Der Junge war allein, kein Vater an seiner Seite. Vielleicht war es ihm zeitlich nicht möglich gewesen, Frau und Kind zum Wettbewerb zu begleiten, aber zusammen mit der offensichtlichen Traurigkeit und ihrer abwehrenden Haltung ergab sich doch die Vermutung, dass die Frau familiäre Probleme hatte.

Im Zielbereich herrschte reges Treiben. Ja wirklich – eine tolle Strecke! Da war sie, meine geheimnisvolle Begleitung, die nun auch im Ziel angekommen war. Ihr kleiner Sohn war auch da, er hatte nur einmal über den Rasen zu laufen brauchen, und schaute sie strahlend an. Ob Papa auch zugesehen hat, wie schnell du gelaufen bist? Ja, ganz sicher, mein Kleiner! Verstohlen wischte sie sich eine Träne aus dem Augenwinkel.

Auf der Flucht

Ein heißer Tag, die Luft flimmert über der Teerdecke vor mir. Die Landschaft ist flach, weite Wiesen oder Heideflächen säumen den Weg. Ich bin auf einem langen Lauf und habe schon mehr als 20 Kilometer hinter mir. Der Schweiß hat längst seinen Weg aus dem Stirnband gefunden und rinnt mir über das Gesicht. Nur selten wende ich den Blick nach rechts oder links, ich befinde mich halbwegs „im Tran", wie immer, wenn ich diese Langstrecken angehe.

Plötzlich dringt Hundegebell an mein Ohr und reißt mich aus der gedankenleeren Ruhe. Ich sehe links einen Bauernhof, in einiger Entfernung Pferd und Reiter in einem eingegatterten Viereck. Staub wirbelt von den Hufen auf. Daneben tollen drei Hunde, offensichtlich unterschiedlicher Rasse. Sie toben wild umher und jagen sich gegenseitig, beißen sich ins Fell und bringen sich zu Fall. Eine ländliche Idylle. Ich trabe weiter. Dann lenkt irgendetwas meine Aufmerksamkeit wieder zu den Hunden. Ich sehe sie, alle drei, in gestrecktem Lauf über die Wiese, in meine Richtung. Nichts Spielerisches ist mehr zu erkennen. Automatisch beschleunige ich meine

Schritte, in der Hoffnung, dass ich den Wald erreiche und die Hunde das Interesse an mir verlieren.

Aber die drei sind schnell. Sie werden mich einholen, den einfachen Drahtzaun und den Erdwall überwinden, der die Wiese von der Straße trennt. Ich höre das Gejaule und Gebelle, höre den heißen Atem und sehe die aufgerichteten Nackenhaare der beiden größeren Hunde. Ich habe keine Chance.

Was ist das für ein Geräusch? Schweres Stampfen, lautes Schnauben neben, nein links vor mir. Ich sehe nur einen Holzverschlag, einen offenen Schuppen, dann die Hunde, die abbremsen und unschlüssig stehen bleiben. Erblicke vier Pferde, die aus dem Holzverschlag hervorkommen, weiterhin mit den Hufen stampfend. Sie vertreiben die Hunde, die tatsächlich umdrehen und mit eingezogenen Schwänzen von dannen ziehen. Wenn sie einen ängstlichen Blick zurückwerfen, sehe ich das Weiße ihrer Augen.

Ich bleibe stehen und wende mich den Pferden zu. Mehr als einen dankbaren Blick kann ich ihnen nicht geben.

Ausgebüxt

Gestern führte mein Laufweg mich durch eine schöne Landschaft, durch das Tal der Ostenau, anschließend über einen Trampelpfad durch ein Restmoor, bevor ich dem Feldweg Richtung Wald folgte. Hier kam ich an einem hübschen Reetdachhaus vorbei, das an Feriengäste vermietet wurde, seit der letzte Besitzer es an seine längst in die Stadt gezogenen Erben weiter gegeben hatte.

Vor dem Haus sah ich einen Jungen, der aufgeregt hin und her lief und etwas rief: „Hasso!" Und nochmals lauter: „Haaaasso!".

Als der Junge sich umschaute und mich erblickte, kam er auf mich zu.

„Haben Sie einen Hund gesehen? Einen großen schwarzen Labrador?"

Nein, das hatte ich nicht, aber ich versprach ihm, mich umzuschauen. Allerdings hatte ich nicht viel Hoffnung, den Hund zu finden. Ich trabte weiter, bog in einen andern kleinen Weg ein und näherte mich den Wiesen am Waldrand. Ein Bauer arbeitete auf dem Feld, begleitet von einem herum tollenden Hund. Einem großen, schwarzen. Offensichtlich einem Labrador.

Ich blieb etwas unschlüssig stehen, sollte das Hasso sein? Der Bauer muss mich gesehen haben, denn er stoppte seinen Traktor. Er stieg ab und winkte mir zu. Der Hund sah mich und stürmte auf mich zu, mit wedelndem Schwanz, was mich sehr beruhigte. Das Tier sah mich an und legte sich zu meinen Füßen.

Ob der Hund mir gehöre? Seiner sei es nicht. Nun, wenn das so sei, dann wüsste ich schon, wo er zu Hause sei.

„Na komm, Hasso!", munterte ich den Hund auf und begann zu laufen. Der Hund folgte mir. Ich ließ ihn an meiner rechten Seite laufen. Alle paar Meter schaute Hasso mich fragend an, als ob er irgendwelche Befehle erwarten würde.

„Das machst du brav, alles in Ordnung!"

Wir bogen auf eine Asphaltstraße. Hasso folgte weiter an meiner rechten Hand, die er hin und wieder ableckte. Ein Auto kam uns entgegen. Ich stoppte, mit einem „Sitz!", zeigte ich auf den Boden neben mir. Hasso setzte sich sofort hin und schaute mich an. Als die Gefahr vorüber war, schnippte ich kurz mit den Fingern und lief los. Hasso war an meiner Seite. So ging es drei oder vier

Mal, wenn uns ein Fahrzeug entgegen kam. Allerdings lief ich beim letzten Mal los, ohne dem Hund ein Zeichen zu geben. Nach etwa zwanzig Metern bemerkte ich, dass Hasso nicht an meiner Seite war. Er war einfach dort sitzen geblieben und wartete auf mein Kommando. Mein lautes „Komm!" ließ ihn aufspringen und wir setzten unseren Weg gemeinsam fort. Bald erreichten wir das Reetdachhaus. Der Junge schaute mich strahlend an.

„Danke, mein Vater hätte mich verprügelt, und Hasso auch."

„Dann erzähle ihm nichts", riet ich ihm.

„So einen Hund habe ich noch nie erlebt", sagte ich, „der hört ja aufs Wort!"

„Der hört? Das hat er noch nie gemacht. Auf uns hört er nie!"

Kaum zu glauben, aber wahr. Hasso habe ich nie wieder gesehen.

Todesangst ...

Nieselregen, mein Shirt ist durchnässt von Schweiß und Regen. Es klebt am Körper, ebenso wie die Haare. Bestimmt kein leckerer Anblick, auch kein leckerer Geruch! Aber so ist es beim Laufen eben. Es treibt mich weiter, jetzt in den Wald hinein. Hier erwartet mich stark hügeliges Gelände, rauf und runter, lockerer Sand, aber auch fest getretene Waldwege. Ich konzentriere mich auf die nächste Steigung, springe über eine frei gespülte Wurzel einer Kiefer. Der Hang ist so steil, dass ich fast krabbeln muss. Langsam erreiche ich den oberen Rand des Hanges und schaue aufs Gelände – und mitten in das fletschende Gebiss einer Dogge. Die Lefzen zittern, Geifer tropft in den Sand. Vor Schreck verliere ich den Halt und rutsche rückwärts den Hang hinunter. Den Schmerz der frischen Wunden am Knie und den Händen nehme ich nicht wahr. Ich rappele mich auf und sehe, wie zwei Hunde, eine Dogge und ein Schäferhund, von oben auf mich zu stürzen. Unter lautem Gebell schließen sie zu mir auf und stellen mich, einer vor mir, der andere hinter mir. Von oben ertönt lautes Rufen, eine Frau, die die beiden Tiere zur Ruhe bringen will, aber die hören nicht. Wie ich mich auch drehe, die beiden Hunde sind immer vor und hinter mir. Ich sehe ihre aufgestellten Nacken- und Rückenhaare, die gefletschten Zähne, und ich höre ihr lautes, wütendes Gebell.

„Rufe die Hunde zurück!", rufe, nein schreie ich nach oben.

„Die hören aber nicht!" Hilflos ruft sie zurück, stürzt aber auch den Hang hinunter und versucht, die Dogge an die Leine zu nehmen, vergebens.

„Wenn ich die Dogge anleine, dann wird der andere sich beruhigen!"

Aber es ist ihr unmöglich, sie redet auf das Tier ein, sie schreit ihn an, zerrt an ihm, knufft und schlägt ihn.

In meiner Not schreie ich weiter auf die Frau ein, während ich ständig versuche, aus dem Bereich der Hunde zu gelangen, aber die tanzen weiter um mich herum. Es gelingt mir, einen Knüppel aufzuheben, und wollte mich damit verteidigen.

Wir beiden schreien uns an, beschimpfen uns, und die Wut der Tiere wird immer größer. Jetzt kniet die Frau auf der Kehle der Dogge, und schließlich gelingt es ihr, sie anzuleinen und die Leine um einen Baumstamm zu schlingen. Ich kann mich etwas wegbewegen. Und tatsächlich gelingt es der Besitzerin, auch den Schäferhund zu beruhigen und an die Leine zu nehmen.

Ich zittere am ganzen Körper und rufe ihr eine Flut von Verwünschungen zu.

„Wie heißt du? Woher kommst du?" Nie war ich so ängstlich, nie so wütend gewesen. Meine Stimme hatte sich total verändert, war sehr tief und kehlig.

Sie nennt mir tatsächlich ihren Namen, heulend stammelt sie ihn.

„Heute Abend sind die beiden tot!", stoße ich hervor. „Ich rufe jetzt Polizei und Tierarzt, und du bekommst eine Anzeige!"

Ich meinte, was ich sagte, aber ich tat es nicht. Ich habe niemanden angerufen, aber die Szene vergesse ich nie.

Klick, klick, klick ...

Noch eben den Mann mit dem Schäferhund überholt, am Ortsausgangsschild vorbei und weiter! Eine lange Gerade lag vor mir, etwa zwei Kilometer asphaltierter Bürgersteig, das nächste Dorf war in der Ferne schon zu erahnen.

Der Kopf war frei, keine Gedanken an den Job, keine Probleme, nur laufen. Schritt für Schritt, Meter für Meter, nur meine Schritte in der sonntäglichen Ruhe. Keine Autos, friedliche Stimmung.

Doch, ein Geräusch, kaum zu hören, klick, klick, undefinierbar, klick, klick, klick, näher kommend, klick, klick, klick..., und auch lauter jetzt, näher. Ich drehte den Oberkörper und schaute mich um. Ein Schäferhund kam angesprintet, seine Krallen klickerten auf dem Asphalt. Höchstens zwanzig Meter hinter mir, zehn, fünf! Dann vernahm ich einen hohen, für mich kaum wahrnehmbaren Pfiff. Abrupt verklang der letzte Klick, der Hund hielt wenige Meter hinter mir und trottete dann zurück zu seinem Besitzer. Verständnislos blickte ich zu dem Mann, lief aber dann weiter. Nach einigen

Minuten das gleiche Spiel, dann nochmals. Jedes Mal bremste der Schäferhund direkt hinter mir ab, um dann von dem Mann zurück gepfiffen zu werden. Nach dem dritten Mal blieb ich stehen, holte meine Trinkflasche hervor und zeigte sie – halb von meiner Faust verdeckt – dem Mann. „Pfefferspray!", rief ich.

Damit war das Spiel zu Ende. Warum der Hundehalter das gemacht hat, ist mir bis heute unerklärlich.

Emma

Neue Nachbarn waren in die Wohnung nebenan gezogen. Zwei junge Frauen, die sich die Miete teilten. Und Emma, eine junge Labradorhündin. Schwarzes Fell. Verspielt. Gelehrig. Und einsam, wie sich bald herausstellen sollte.

Eine der beiden Frauen arbeitete nachts, die andere im Schichtdienst, wechselnde Schichten. An Wochenende und an vielen Abenden waren beide unterwegs, ihr gutes Recht, sie sind ja jung. Allerdings hatten sie Emma vergessen.

Zuerst ist uns als Nachbarn gar nicht aufgefallen, dass sie allein war, aber immer öfter sah man Emma durch das Glas der Terrassentür in der Küche. Wenn sie merkte, dass jemand vorbei kam, stand sie auf und blickte uns erwartungsvoll an. Der Schwanz wedelte, aber sobald wir an der Tür vorbei waren, sank er herab, und Emmas Blick wurde traurig. So beobachteten wir das Geschehen einige Tage. Hin und wieder nahmen wir die paar Schritte über den Rasen und klopften an das Glas. Emma war außer sich vor Freude, hoffte, dass wir mit ihr spielen oder laufen würden. Aber das war nicht möglich.

Im Laufe der nächsten Woche fiel uns auf, dass ihr Fressnapf meist leer war. Er wurde entweder zu wenig bereitgestellt, oder aber gar nicht mehr? Wasser war nur sehr selten in der Edelstahlschüssel. Wie lange konnte man sich das noch ansehen? Die Autos der beiden Frauen standen auch seltener auf dem Parkplatz…

Wieder standen meine Frau und ich vor der Glastür. Emma war auch da, lag aber apathisch auf dem Boden, zeigte kaum Interesse an uns. Die beiden Näpfe waren leer. Nun reichte es. Wir kannten den Vermieter und erzählten von der Situation. Er wollte nichts damit zu tun haben, aber immerhin überließ er uns den Schlüssel zur Wohnung. Als wir den Hausflur betraten, schlug uns ekelhafter Geruch entgegen. Wir öffneten die Wohnungstür. Der Gestank war fast unerträglich. Auf dem Boden war es nass. Eindeutig Urin, dazwischen jede Menge Haufen. Hundescheiße.

Wir versorgten Emma notdürftig. Es folgten Telefonate. Mit dem Arbeitgeber einer der Frauen, Polizei, Tierheim usw. Die Polizei konnte nichts machen, erst durch Aufforderung der Besitzerin oder des Tierschutzbundes. Die hatten aber keine Zeit zu kommen. Kurzerhand zog ich meine Laufklamotten an und nahm Emma an die Leine. Brav lief sie langsam neben mir, Richtung Tierheim, ihrem neuen Zuhause. Und dann? Emma schaute immer wieder zu mir auf, ich las Dankbarkeit aus ihren Blicken. Wir kamen beim Tierheim an. Meine Frau war mit dem Auto gefolgt und ging hinein, um die Formalien der Aufnahme besprechen. Aber das war wohl nichts.

„Wir dürfen den Hund nicht aufnehmen, er gehört Ihnen ja nicht!"

„Nein, aber wir wollen Emma vor der Verwahrlosung schützen, und wir waren der Meinung, dass wir hier beim Heim des Tierschutzbundes an der richtigen Adresse sind!"

„Das sind Sie auch, aber … Wir dürfen nur aufnehmen, wenn der Besitzer selber oder die Polizei uns auffordert!"

So beißt sich der Hund in den eigenen Steert! Keiner ist zuständig.

Wir selber konnten Emma nicht aufnehmen, auch nicht vorübergehend. Unsere Katze würde das nicht hinnehmen, nach zwölfjähriger Alleinherrschaft in unserer Wohnung!

Wieder Anruf bei der Polizei. Und die gaben uns einen guten Rat: Ein paar Tage konnte Emma in einem Zwinger der Stadt untergebracht werden. Und der Mitarbeiter dort war sehr hundelieb und würde schon Rat wissen.

Gesagt, getan. Emma liebte offensichtlich die Autofahrt. Und der Mitarbeiter kümmerte sich sofort um sie.

„Ich habe da schon jemanden im Sinne, der wünscht sich einen Hund. Und Emma passt gut dorthin!"

Nach drei Tagen war Emma vermittelt. Sie hat ein gutes Zuhause gefunden.

Im Tal der Poggenmöhler Au

Meistens macht mir meine Arbeit Spaß. Wie gesagt, meistens. Aber heute nicht. Langweilige Büroarbeit. Nur Standardvorgänge, Reklamationen, ungnädige Kunden. Ein Tag, einfach zum vergessen. Ich sollte eine Pause machen, einen schönen Trainingslauf über zehn Kilometer vielleicht. Der Feierabend war schon in Sicht.

Und schon wieder nervte das Telefon.

„Markgraf", blaffte ich in den Hörer. Ich wusste genau, dass ich so keine Kunden zufriedenstellen konnte. Erst im letzten Monat hatte ich auf einem dreitägigen Seminar ´Erfolgreiches Beschwerdemanagement am Telefon´ gelernt, wie es sein sollte.

„Warum so grantig?", säuselte eine weibliche Stimme am anderen Ende der Leitung. Ich entspannte mich. Sie war es!

„Hallo Liebste, schön, dass du anrufst."

„Ist jemand in der Nähe, der nicht mithören darf? Oder etwa eine Sie?", fragte meine Frau.

Ich verneinte lächelnd. „Das ist gut. Denn was ich dir vorschlagen möchte, ist nichts für die Ohren eifersüchtiger Freundinnen oder gar Ehefrauen."

Ich griff zu meinem Becher Tee und wartete. Ich kannte meine Liebste gut. Allein der Tonfall ihrer Stimme wirkte erotisierend. Ich merkte, dass sie mich anmachen wollte, hier und jetzt am Telefon.

„Wollen wir uns treffen? Das Wetter ist wunderbar, der warme Sommerwind wird unsere Haut streicheln, die Sonne wird uns heiß machen ..." hauchte sie. Ich gebe zu, schon diese Worte erzielten ihre Wirkung. Nur gut, dass sie das nicht merken konnte. „Ich scheine dich schon angesteckt mit meiner Lust". Verflixt! Konnte sie etwa durch die Leitung schauen?

„OK" antwortete ich, „was schlägst du vor?"

„Ich habe etwas ganz Besonderes vor, mein Geliebter. Ich mache um Punkt 20 Uhr meinen Laden zu, dann ziehe ich ein leichtes Shirt an, die knappe Hose und die Laufschuhe. Und du ziehst dir auch die Laufklamotten an, aber nicht das Lauftight, sondern die Sprinterhose. Verstanden?"

Ich wusste, was sie meinte. Wir sagten immer das Sexyhöschen dazu. „Und dann?", fragte ich abwartend, obwohl ich jetzt schon ahnte, wie das an diesem Sommerabend enden würde.

„Wir laufen zur gleichen Zeit los und treffen uns dann unter der Brücke an der Poggenmöhler Au. Du weißt schon wo." Und ob ich das wusste! Solche Nächte wie damals vergisst man nicht!

„Ich habe alles vorbereitet. Es ist alles da, was wir brauchen: eine weiche Decke, eine Flasche Schampus, etwas zu knabbern. Obwohl, lieber möchte ich an dir knabbern!" Mir wurde bei diesen Worten immer heißer. „Oh, ich spüre schon wie du glühst!" kam es prompt aus der Leitung. „Aber wahre dir deine Glut für nachher auf. Ich brauche dein Feuer! Bis später."

Ich machte Feierabend und ging die paar Schritte nach Hause. Die Zeit verging langsam. Ich duschte, ausnahmsweise mal vor dem Lauf. Dann zog ich mich um. Natürlich das Sexyhöschen, hoch am Oberschenkel und weit geschnitten. Endlich konnte es losgehen.

Ich lief langsames Tempo, hatte ja Zeit genug und wollte meine Kräfte sparen. Nach einem Kilometer hatte ich den Ortsrand erreicht, ließ die letzten Häuser hinter mir. Der Fußweg hatte an dieser Stelle etwas Gefälle, machte eine leichte Rechtskurve. Dann verließ ich die Hauptstraße und bog links auf einen Sandweg. Dieser führte mich an Wiesen vorbei, auf denen Kühe weideten. Der Weg verlief parallel zur Au. Rechts und links stieg das Gelände leicht an. Es öffnete sich das Tal der Poggenmöhler Au, einer wunderbaren Fluss- und

Wiesenlandschaft. Nach diesem schönen Tag stieg See-tau aus der Niederung auf, weißer wabernder Nebel, der sich wie ein Seidentuch flach über das Gras ausbreitete. Das Laub der Büsche und Bäume, selbst die Köpfe der Kühe ragten aus diesem Nebel hervor. Darüber das Rot der untergehenden Sonne. Irgendwo schnatterten Enten oder Gänse, ein Käuzchen schrie aus dem kleinen Wald auf der gegenüber liegenden Seite der Au herüber. Der Wind war eingeschlafen, und obwohl es nach 20 Uhr war, war es immer noch weit über 20 Grad warm.

Meine Gedanken schweiften ab. So liebte ich sie: sexy, verführerisch, voller Überraschungen, spontan. Wenn ein Kollege unser Telefonat mit angehört hätte, er hätte gewettet, dass ich mit einer Geliebten redete. Er würde nicht verstehen, dass es meine eigene Frau war, die mich am Telefon so angemacht hatte, dass ich nervös wie ein frisch verliebter Junge wurde.

Bei dem Gedanken an unser Treffen unter der Brücke wurde mir wieder heiß. Ich lächelte voller Vorfreude in mich hinein. Mein Weg führte mich nun unter den riesigen Pappeln längs, nur eine Wiese vom Ufer des kleinen Flusses entfernt. Ich hatte die Hälfte des Weges hinter mir und auch meine Frau war aus entgegen gesetzter Richtung kommend auf dem Weg zu unserem

Liebesnest. Aber vielleicht war sie ja auch etwas früher gestartet, um das Liebeslager zu bereiten. Es waren nur noch knapp tausend Meter bis zur Brücke. Trotzdem konnte ich sie schon erahnen. Sie schien über dem Bodennebel zu schweben.

Plötzlich zerriss ein Schrei die Abendstille. Erschreckt stieg ein Entenpaar aus dem Wasser empor, ihr lautes Quaken war überdeutlich zu hören. Was war das für ein Schrei? Ein Tier? Nein, das war eine menschliche Stimme, eine Frau, die um ihr Leben schrie. Die Stimme meiner Frau! Wieder ein Schrei, und dann ein wildes Fluchen. Das war eindeutig ein Mann.

Ich rannte los, sprang über den flachen Wassergraben, der den Weg von der Wiese trennte. Den Stacheldraht hatte ich übersehen. Er zerriss mir das Fleisch meiner Wade, brachte mich zu Fall. Ich landete im Gras. Verzweifelt rappelte ich mich hoch, sprang mit langen Sätzen über die Wiese, durch den Nebel.

„Hilfe!", schrie meine Frau. „Halt dein verdammtes Maul" antwortete der Angreifer. „Ich komme!", brüllte ich durch den Nebel. Nun konnte ich die beiden sehen. Erst verschwommen durch den Nebel, dann deutlicher. Sie kämpften nah am Ufer. Mit der Linken hielt der verfluchte Kerl sie an den langen blonden Haaren fest. Nun hob er die andere Hand und entsetzt sah ich die Klinge eines großen Messers im Schein der untergehenden Sonne blitzen. Gleich mehrmals stieß er zu. „Nein!", schrie ich. „Lass das Messer fallen." Er drehte sich zu mir um, seine Augen blitzten in meine Richtung. Dann ließ er von meiner Frau ab, stieß sie gleichzeitig ins Wasser und stürzte auf mich zu.

Aus vollem Lauf setzte ich zum Sprung an und ließ meinen rechten Fuß vorschnellen. Ich traf ihn im Magen, bevor er mich angreifen konnte. Er klappte zusammmen und blieb ächzend im Gras liegen. Ich ließ von ihm ab. Verzweifelt suchte ich nach meiner Frau. Da! Im Bach! Sie trieb langsam mit der trägen Strömung ab. Ich sprang ins seichte Wasser und erwischte ihr Bein. Das hellblaue Shirt hatte sich im Brustbereich tiefrot gefärbt. Ich zog meine Frau ans Ufer. Sie lebte. Erschöpft lagen wir im Gras.

Plötzlich sah ich ihre entsetzten Augen. Sie blickten über meine Schulter, und dann hörte ich auch schon schwere Schritte, lautes Schnaufen. Er ist wieder da! *Er muss mich als Zeugen unschädlich machen,* schoss es mir durch den Kopf. Ich drehte mich um und sah die Klinge auf mich niedersausen …

„Nein!", gellte mein Schrei durch die Nacht. Klatschnass und vom Angstschweiß überströmt setzte ich mich im Bett auf, versuchte, meine Gedanken zu sortieren.

Wann hörten sie mal auf, diese Albträume vor schweren Wettkämpfen?

The Pig-Dog

Schon die Vorbereitung war nicht so, wie ich es geplant hatte. Seit Weihnachten hatte eine dreiwöchige Grippe oder kräftige Erkältung mein Training erschwert. Mir fehlten einfach der gezielte Leistungsaufbau, die notwendigen Kilometer, um einen Marathon in einer akzeptablen Zeit zu bewältigen. Ende Februar sollte der Start sein. Kein gutes Gefühl, wenn man sich etwas Besonderes vorgenommen hatte! Ab Anfang Februar wurde es aber besser, ich konnte regelmäßig laufen, vier bis fünfmal wöchentlich. Dann aber wieder Dauerschmerzen im Oberschenkel, danach ein Rückschlag in der Erkältung. Ich reduzierte meine Erwartung um zehn Minuten, wenn ich es überhaupt schaffen würde. Im Urlaub lief ich die „langen Kanten" dreißig bis vierunddreißig Kilometer, alles ok!

Dann der Start, ich war allerbester Dinge. Aus der Stadt raus, bei Petersburg Richtung Horstedt abgebogen. Ein lockerer Lauf. Zu locker, denn bei Kilometer zehn hatte ich gegenüber meiner Planung fünf Minuten Vorsprung. Ich sollte langsamer werden, sagte mir mein noch klarer Verstand. Sollte, das war das Wort, aber das ist leichter gesagt als getan. Im Hinterstübchen meldete sich dann auch ein böser Gedanke: „Mach nur weiter in dem Tempo, wirst schon merken, was dann passiert!" Dazu ein hämisches Lachen. Wer war das? Wer war da in meine Gedanken gefahren? Ich ignorierte das. Weiter bis Drelsdorf, der gefürchtete „Kniepenbarg" war geschafft, der Wendepunkt in Reichweite.

Der Wendepunkt? „Den schaffst du gar nicht, du machst vorher schlapp!" Da war sie wieder, die bösartige Stimme, begleitet von einem eigenartigen Lachen. Ich schaute mich um. Aber keiner meiner Begleiter redete mit mir. Ich musste es mir eingebildet haben, trotzdem antwortete ich mit lauter Stimme: „Natürlich schaffe ich es!" Verdutzt blickten meine Mitläufer mich an.

Dann tatsächlich: Bei Halbmarathon eine Stunde vierzig, immer noch fünf Minuten Zeitguthaben gegenüber meiner Planung! Ich verlangsamte mein Tempo, achtete aber bei jedem Kilometer darauf, dass ich nicht in Rückstand geriet. Nun den Kniepenbarg hinunter, leichtes Laufen, Kraft sparen – eine kleine Wohltat.

Bohmstedt: Bei der Kreuzung hatte ich die Wahl: zwei Kilometer bis nach Hause, hier lockten die warme Stube, das Sofa, eine Torte und Kaffee, oder aber dreizehn Kilometer geradeaus zum Ziel! „Geh nach Hause! Dort ist es gemütlich!" wisperte die Stimme mir ins Ohr. „Nix da, es geht weiter!", antwortete ich laut, aber schon mit zweifelnder Stimme.

Unterwegs: kaum Zuschauer, nur selten ein, zwei Leute am Straßenrand. Aber hinter den Fensterscheiben, in ihren warmen Stuben hockten sie, schoben neugierig die Gardine zur Seite, um einen Blick auf uns arme Irre zu werfen.

Kurz vor Ahrenshöft hörte ich ihn nicht nur, nein, ich spürte seine Nähe, seinen heißen Atem, der meine Waden umstrich. Dazu das höhnische Gelächter. Immer öfter warf er mir bissige Kommentare zu, untergrub mein Selbstvertrauen. Immer wieder der kläffende, keifende, geifernde Köter, der in meine Schuhe biss, die Laufhose zerfetzte. Ich schlug, trat nach ihm. Winselnd entfernte er sich, war aber sofort wieder da, lachte mich aus, verhöhnte mich, wollte mich demütigen, demoralisieren ....

Bei der Verpflegungsstelle bei Kilometer zweiunddreißig war ich genau in der Planzeit, im Fünf-Minuten-Schnitt, auf Drei-dreißiger-Kurs. Jetzt nur noch durchhalten!

Hinter Horstedt der gefürchtete *Mann mit dem Hammer*. Ich musste hin und wieder gehen, die Kraft schwand dahin, ich wollte aufgeben. „Ha, nun hab´ ich dich! Du bist kaputt! Du Schlappschwanz! Hättest schon längst zu Hause sein können!" Wütend schlug ich nach dem unsichtbaren Quälgeist, verdammte ihn. Jaulend stob er davon, den Schwanz zwischen die Beine geklemmt, aber nur um sofort wieder meine Spur aufzunehmen.

Von hinten ein Klaps auf meine Schulter: „Komm mit, wir laufen zusammen, du schaffst das!" Ein Läufer aus Dänemark, der mich aufmunterte. Wir hatten die gleiche Schrittfrequenz, ich bekam den zweiten Atem und konnte mithalten. Wir wechselten uns in der Führung ab, gaben uns Windschatten und näherten uns gemeinsam dem Ziel. Immer seltener meldete sich der verdammte Köter, der innere Schweinehund. Hatte er etwa kapituliert? „Denkste! Ich bin noch hier …" kam es wieder hechelnd an mein Ohr, dazu ein kurzer aber heftiger Biss in meine Wade.

Mit gut acht Minuten Verspätung kam ich ins Ziel, wurde von Freunden in Empfang genommen. Gerne hängte ich die wärmende Decke um, nahm die Glückwünsche entgegen. Ich hatte es geschafft! Kaputt, aber zufrieden. Ich lehnte mich an eine Hauswand, sah nichts, hörte nichts, spürte nichts. Dann spürte ich etwas Haariges an meinen Beinen. Ich sah hinunter, es war zweifellos ein Hund, aber mit spitzen großen Ohren, dazu Schweinsäuglein! Er rieb sich bettelnd an mir, schaute mich unterwürfig von unten mit bittenden Augen an. Er hatte mich akzeptiert, ich hatte ihn besiegt.

War er real, tatsächlich vorhanden? Offensichtlich gab es ihn, und ich nannte ihn Pig-Dog .....

Sommerregen

Es war ein wunderschöner Tag. Warm und sonnig, nur eine leichte Brise strich über die Haut. Ich hatte mich zu Fuß auf den Weg zur Arbeit gemacht, eine Strecke von etwa zwei Kilometern Länge. Einige weiße Wolken segelten in Ost-West-Richtung über den fast kitschig-blauen Himmel. Nur eine dunkle Wolke hatte sich dazwischen gemischt. Die Vögel in den Gärten zwitscherten, piepten, tirilierten – je nach ihrer Art. Im Gras zirpten die Grillen. Einige Schmetterlinge und sogar eine Libelle kreuzten meinen Weg.

Spaziergänger kamen mir entgegen, eine junge Mutter mit einem Kinderwagen mühte sich auf dem Kieselweg ab, beleibte Männer führten ihre ebenso beleibten Hunde aus. und einige junge Mädchen gaben den Blick auf jugendliche Körper frei. Zwei Läufer überholten mich und zeigten ihre trainierten Beine. Ein Musiker lehnte an einem Baum, den geöffneten Gitarrenkoffer mit einigen Münzen darin vor sich. Er spielte und sang Songs der Beatles. Ein paar Zuschauer wippten mit den Beinen und sangen leise die bekannten Texte mit. Erinnerungen an meine Jugend kamen in mir hoch.

Gerüche von Grillplätzen in den umliegenden Gärten und auf Balkonen zogen durch die Luft, der leichte Sommerwind wehte Fetzen verschiedener Radiosender an mein Ohr.

In diesem Moment fiel ein Schatten auf mich. Regentropfen kamen vom Himmel, zuerst nur wenige, ganz zögerlich, dann plötzlich mehr werdend. Es begann zu rauschen, dann prasselte ein Platzregen auf mich nieder. In Sekunden war ich pitschnass. Verdutzt schaute ich nach oben: Über mir stand die graue Wolken und schüttete sich aus. Das Wasser lief mir über das Gesicht, in die Augen. Das Hemd klebte mir am Körper, ich spürte, wie der Regen mir in den Nacken und auf den Rücken lief.

Die dunkle Wolke stand einsam am blauen Himmel und goss ihren Inhalt über mich aus. Der Boden um mich herum war nass, aber bereits wenige Meter weiter war der Weg trocken, mit gelbem Kies belegt. Rundherum weiße Wolken, Sonnenschein. Und auch vor mir, nur wenig entfernt, lagen die Häuser in hellem Licht, warfen Schatten.

Und genau so plötzlich verschwand der Regen wieder, als ob nichts gewesen wäre. Die Wolke war nicht mehr zu sehen, sie hatte sich über mir aufgelöst. Die Sonne schien mir auf den Kopf und trocknete mein Hemd.

Ich schaute mich um: nichts vom Regen zu sehen. Der Beatlebarde sang unbeirrt weiter, der Klang der Gitarre hatte nicht gelitten. Die junge Mutter richtete das leichte Sonnentuch über ihrem Baby, damit es sich keinen Sonnenbrand holte, und die jungen Mädchen schäkerten albern lachend mit einigen Jungs. Die Läufer waren nass vom Schweiß, aber nicht vom Regen.

Es war nicht zu fassen: Da war es wieder, mein schon sprichwörtliches Pech, das mich seit meiner Kindheit verfolgt! Ich fiel vom Baum, ich wurde vom Auto angefahren, ich wurde bei Streichen erwischt, mich überging man bei der Beförderung ... Und nun? Als Einziger war ich von dem Regen betroffen! Warum immer ich, warum nicht die Anderen? Wie konnte das sein? Diese und ähnliche Situationen hatte schon vor Jahren zu meinem Spitznamen „Looser" geführt.

Ich trottete die letzten Meter ins Büro.

sträwkcüR [Rückwärts]

Du glaubst, alles über das Laufen zu wissen? Du läufst selber und glaubst, dich in diesem Sport auszukennen?

Ich laufe seit gut zwanzig Jahren, ungefähr zweitausendfünfhundert Kilometer jährlich. Das sind gut und gerne fünfzigtausend Kilometer, also mehr als einmal um den Äquator. Und ich bin alles gelaufen, was man sich vorstellen kann, und zwar in allen Erdteilen. Gut, den Südpol lassen wir mal weg, aber immerhin auf Grönland, in New York, in Sydney, in Kapstadt und in Moskau. Ob in der Eiswüste Kanadas oder in der Sandwüste Ägyptens, an der Nordseeküste oder in den Dolomiten, in der Taiga oder in der Steppe, überall habe ich an Laufwettbewerben teilgenommen.

Laufen ist gleich Laufen? Weit gefehlt! Es gibt Läufer, die sammeln Läufe wie andere Menschen Briefmarken: Brückenläufe, Tunnelläufe, Inselläufe, die gelten noch als normal. Aber was ist mit Treppenläufen, z. B. auf den Empire State Building, oder auf einen Weinberg hinauf? Läufe, die weit unter Tage beginnen und dann enden, wenn man das Tageslicht erreicht hat? Marathon im Fabrikgebäude oder in der Tiefgarage? Ja, all das habe ich mitgemacht. Und doch bin ich auf der Suche nach etwas Neuem, nach dem ultimativen Erlebnis, nach dem richtigen „Kick".

Und dann fand ich den Hinweis in einem Laufmagazin. Ein Retrolauf, also ein Lauf im Rückwärtsgang. Das war neu, das hatte ich noch nie gemacht. Da war er, der Reiz des Neuen. Und Mannheim war ja weiß Gott nicht aus der Welt, das war ein kurzes Wochenende wert, nur um etwas Neues auszuprobieren. Das lohnte sich schon.

Ich begab mich ins Internet und begann zu surfen. Viele Infos gab es über das Rückwärtslaufen nicht. Aber immerhin erfuhr ich, dass es sich um die größte Veranstaltung dieser Art in Deutschland handelt. Sie wird gleichzeitig als Deutsche Meisterschaften gewertet. Der amtierende Meister hatte die eintausend Meter in drei Minuten und zwanzig Sekunden geschafft, die Meisterin hatte eine Minute länger benötigt. Und damit hatte ich meine Richtzeit, ich würde mich an die Fersen der schnellsten Frau heften, die amtierende Meisterin war schließlich nicht am Start. Das müsste zu schaffen sein.

Na gut, nehme ich also am Championat teil! Die Online-Anmeldung war kein Problem, es konnte losgehen.

Tausend Meter auf der Bahn, zweieinhalb Runden. Die galt es zu schaffen. Der Lauf sollte schon in drei

Wochen stattfinden. Mir blieb also nicht viel Zeit, um mich im Training auf den neuen Laufstil vorzubereiten. Wie hatte es in der Ausschreibung geheißen? Laufen Sie die Strecke auf den Zehen, denn wenn Sie beim Rückwärtslauf versuchen, mit den Fersen aufzutreten, dann schlagen Sie sich den Hinterkopf auf. Na schön, wenn das der einzige Unterschied ist, dann kann es ja nicht so schlimm werden. Dachte ich, hatte aber vergessen, dass man ganz andere Muskelpartien beansprucht. Nach den ersten Laufversuchen hatte ich fürchterlichen Muskelkater, dazu Nackensteife vom ständigen Kopfdrehen. Von den Blasen auf den beiden großen Zehen ganz zu schweigen. Aber mit jedem Trainingskilometer wurde mein Laufstil flüssiger und ich konnte es kaum erwarten, an den Start zu gehen.

Es war so weit. Ich nahm die zwei Stunden Anfahrt gern in Kauf. Ich bereitete mich nicht viel anders vor, als bei anderen Wettkämpfe, trotzdem war ich nervös wie ein junges Fohlen, als ich an den Start ging. Lediglich knapp dreißig Teilnehmer nahmen die kuriosen tausend Meter in Angriff. Männer und Frauen starteten gemeinsam, wurden jedoch einzeln gewertet. War schon ein komisches Gefühl, sich bewusst in die hinterste Reihe zu stellen, um einen guten Startplatz zu haben. Und dann ging alles sehr schnell. Startschuss und ab ging die Post. Schon nach den ersten fünf Schritten kam es zum Sturz, in den sechs Leute verwickelt waren. War doch tatsächlich einer in Blickrichtung gestartet! Na gut, ein paar mögliche Konkurrenten weniger. Die ersten fünfzig Meter waren ein Krampf, aber schon bald trennte sich die Spreu vom Weizen. Auf der ersten Geraden war ich gut dabei. Sieben Männer und die schnellste Frau vor mir, äh´ natürlich hinter mir, also doch vor mir! Wir liefen nun alle auf der Innenbahn, ich an achter Position. Von hinten, ich meine natürlich nach vorne, war keine Gefahr. Ein Blick über die Schulter zeigte mir, dass ich keinen Boden verloren hatte, etwa drei Meter trennten mich von der langbeinigen Gazelle, die ich als meinen Maßstab erkoren hatte. Es ging nun in die zweite Kurve. Ein Ruf ließ mich aufhorchen. Ich schaute mich um und konnte gerade noch reagieren. Der bisher auf Platz sechs liegende Läufer war gestürzt und hatte die Gazelle fast auflaufen lassen. Sie kam ins Straucheln, konnte aber in letzter Sekunde reagieren. Sie wich auf die dritte Bahn aus, verlor aber Zeit, so dass ich zu ihr auflaufen konnte. Schulter an Schulter liefen wir nun auf die Gerade, der Vierhundert-Meter-Marke entgegen.

„Wir legen einen Tick zu, dann schnappen wir uns die nächsten beiden" keuchte ich der Gazelle zu. Sie nickte. Wir liefen wieder beide auf der Innenbahn. Meine Begleiterin hatte tatsächlich noch Reserven und folgte meinem Tempo. Als ich den Atem und die Schritte des vor bzw. hinter mir Platzierten spürte, mussten wir etwas tun, überholen also. Dazu musste ich nicht beschleunigen, sondern einfach nur das Tempo halten. „Auf Bahn zwei wechseln" rief ich nach vorne. Gemeinsam zogen wir Zentimeter für Zentimeter an unseren Gegnern vorbei. Was war das? Nicht nur einen, sondern gleich zwei Läufer konnten wir kassieren. „Weiter auf zwei" war mein Kommando an die Gazelle. Wir brauchten die gesamte Gerade und dann noch einen guten Teil der Kurve, bis wir wieder die Innenbahn erreichten. Meine Lungen pfiffen und brannten, die Waden waren hart und im großen Zeh kündigte sich ein Krampf an. Ich ignorierte die Schmerzen und lief weiter. Wir belegten jetzt die Plätze fünf und sechs. So liefen wir weiter, konnten aber keine weiteren Positionen gut machen. Als Duo bogen wir auf die Zielgerade, und ich freute mich schon über den fünften Platz, immerhin bei deutschen Meisterschaften. Plötzlich hatte ich das Gefühl, stehen zu bleiben, denn die Gazelle machte dem

Namen, den ich ihr selber gegeben hatte, alle Ehre. Leicht und locker lief sie dicht zu mir auf, wechselte auf die zweite Bahn, um dann mit entwaffnendem Lächeln an mir vorbei zu ziehen. Mit drei Meter Rückstand folgte ich ihr durchs Ziel.

Genau sechs Minuten und ein sechster Platz, super! Ohne mich umzudrehen ging ich zur Verpflegungsstelle und griff mir einen Becher Tee, dazu eine Banane. Neben mir waren schon die Schnelleren, die vor mir ins Ziel gekommen waren. Sie hatten bereits getrunken. Aber der Tee kam in weitem Bogen wieder raus, ein Stück Banane folgte. Mit Mühe machte ich einen Satz rückwärts und nahm dann selber einen Schluck. Was war das? Kaum im Mund drängte der Tee wieder ans Tageslicht. Kopfschüttelnd biss ich ein Stück der Banane ab, das gleiche Spiel!

OK, also ab unter die Dusche. War schon ein witziges Gefühl, wenn das Wasser von unten heraufsprüht. Bei der anschließenden Siegerehrung gaben wir unsere Urkunden ab. „ednukrU" stand in verschnörkelten Lettern darauf. So, noch schnell mit einem „Ollah" von allen verabschiedet, und dann nach Hause. Keine Probleme hatte ich, den weiten Weg rückwärts nach Hause zu fahren. Was mich allerdings irritierte, war die eigenartige Musik, als ich eine CD in den Schlitz schob. Bachs Kantaten waren nicht wieder zu erkennen, hörten sich eher wie Arien einer fernöstlichen Operette an, so fremdartig und abgehackt …

Zwei Tage dauerte der Zustand, bis sich langsam aber sicher alles wieder eingespielt hatte. Nächstes Mal werde ich den Seitwärtslauf probieren.

Sonntagmorgen

Der Sonntagmorgen gehört mir, mir allein, ohne terminliche Vorgaben und ohne Einschränkungen. Es ist Zeit für meinen langen Lauf, wie jeden Sonntag. Langer Lauf? Zwanzig Kilometer mindestens.

Noch weiß ich die endgültige Wegstrecke und die Länge des Laufes nicht. Das wird sich ergeben. Der berühmte Weg ist das Ziel ...

Nach den Regenfällen und Westwinden der letzten Woche hat sich das Wetter geändert. Der Wind hat auf Süd gedreht und warme Luft an die Nordsee geschaufelt. Sechzehn Grad Ende Oktober, fein. Ab Kilometer zehn bis fünfzehn setzt das automatisierte Laufen ein, man gleitet vom Bewussten ins Unbewusste, einem Traum ähnlich. Noch nehme ich meine Umgebung wahr, genieße die Landschaft. Weiter, weiter, ...

Dann sind sie da, ich sehe sie nicht und höre sie auch nicht. Trotzdem nehme ich sie wahr, irgendetwas zwingt mich, nach oben zu schauen, den Himmel abzusuchen, sie zu finden. Sie, die seltenen Großvögel, die hier heimisch sind, die Seeadler, sie, die meine Sehnsucht wecken. Da! Fünf Adler in großer Höhe, kreisend, sich höher und höher treiben lassend von der Thermik, die

die Wetterverhältnisse heute geschaffen haben. Hundert, jetzt zweihundert und bald dreihundert Meter über mir, kaum mehr sichtbar, verschwindend, verschwimmend, verschwunden ...

Mir schwindet auch die Realität, sie weicht der Fantastik, befeuert von Endorphin-Ausschüttungen gleite ich in Traumwelten hinüber. Der Wind kühlt meine Stirn, ich öffne die Augen, sehe von oben auf die Erde hinunter, gedanklich festgekrallt im Federkleid des Adlers, staune über grellen Farben, die meine Wahrnehmungen schärfen, höre die fremdartige Musik, die in meinen Ohren klingt. Höher und höher schraubt sich mein Adler, bis mir ein Bild wie aus einem Flugzeug von der unter mir liegenden Landschaft bietet. Noch ein paar weit geschwungene Kreise höher, denn dreht der Adler über links in leichtem Winkel nach unten. Die Geschwindigkeit nimmt rasant zu. Laut zischende Luftwirbel sausen an meine Ohren, tschisssss! Schneller, schneller, pfeilschnell rasen wir der Erde entgegen, dann ein sanftes Dahinschweben vor der Landung ...

Völlig verschwitzt komme ich zu Hause an, die letzten Schritte zur Haustür, ein Glas Wasser ... was für ein Erlebnis!

Unstillbar

Unruhig tigere ich in meiner kleinen Einzimmerwohnung hin und her. Es sind nur wenige Schritte, bis ich an eine Wand stoße und umkehren muss. Eins, zwei, drei, vier... und zurück.

Tageslicht fällt kaum herein, denn ich wohne im Souterrain. Vor einem halben Jahr bin ich hier eingezogen, damals im Frühjahr, nachdem meine Frau mich zusammen mit meiner gepackten Sporttasche vor die Tür gesetzt hat.

Nun bin ich hier gefangen, allein in dieser Absteige, aber auch allein in meinen Gedanken und mit den Stimmen, die mich auffordern, aktiv zu werden, etwas zu tun. Nicht, dass es erst bei meinem Rausschmiss begonnen hat. Schon vorher war ich regelmäßig in tiefsinnige Gedanken versunken, so tiefsinnig, dass ich mich schließlich verloren vorkam in dieser düsteren Welt, allein mit diesem dumpfen Klopfen im Kopf, allein mit dem Druck, der unaufhörlich wuchs, bis ich endlich ein Ventil fand. Aber bis dahin hatte ich meine Frau, die meinen Druck aushielt und mich von ihm befreite. Aber nun – bin ich allein mit allem.

Manchmal hilft es, weite Strecken zu Laufen. Wenn ich mich so richtig auspowere, bis ich mit brennenden Muskeln und rasselndem Atem nicht mehr kann. Die vom Körper freigesetzten Glückshormone überschwemmen mein Innerstes. Dann sinke ich ins Gras und komme langsam zur Ruhe, danach fühle ich mich besser. Zumindest für einen Moment.

Das Wetter hat sein Teil dazu beigetragen. Seit fast drei Wochen regnet es, kaum einmal ein Sonnenstrahl, der das Gemüt aufheitern könnte. Und dann dieses Erlebnis gestern Abend. Die Frau wollte einfach nicht so wie ich, und dann ist sie mir noch aus der Bar entwischt, bevor …

Seit Stunden dröhnt und pocht es in meinem Schädel und unregelmäßig dazwischen ein schrill einschneidendes Geräusch. Es verursacht mir körperliche Schmerzen. Schmerzen, die immer schlimmer werden und mich hier durch den Raum tigern lassen.

Ich reiße meine Laufklamotten aus dem Schrank und renne förmlich aus dem Zimmer, die Treppe hinauf und raus in den Garten, dann weiter auf einem Feldweg in die Botanik.

Schon bald läuft mir der Schweiß von der Stirn, er brennt in den Augen. Das Laufshirt klebt am Körper. Zweige sind im Weg, peitschen mir ins Gesicht, auf Arme und Beine. Weiter, schneller, noch ist es in mir, noch ist es nicht draußen. Noch dröhnt und kreischt es in meinem Kopf. Ich stolpere über eine Unebenheit, fange mich aber und hetze weiter, weiter.

Ich schaue nach vorne, wo der Weg an den Deich stößt und ihm dann parallel folgt. Ich biege um die Kurve und sehe mit einigem Abstand vor mir eine Läuferin. Junge Figur, knackiger Hintern, dunkles, wippendes Haar, Kopfhörer.

Ich schüttele meine Gedanken ab und denke an früher, an meine Frau, zu Hause, beim Sport, in der Disko, im Bett. Schön war es, schön wäre es, wenn … Und die Gedanken lassen mich nicht los.

Ich bin dem Mädchen nun ganz nahe, sie hört mich nicht, ich rieche sie, ich spüre sie …

Weiter, weiter! Der Puls ist am Anschlag, die Oberschenkel brennen. Weiter!

Vor dem Haus sinke ich auf den Rasen, der Puls kommt langsam runter. Ein Blick auf meine Pulsuhr sagt mir, dass ich fast neunzig Minuten unterwegs gewesen bin. Wie kann das sein? Normalerweise schaffe ich meine Hausstrecke in knapp sechzig Minuten, mit Leichtigkeit. Ich schaue nochmals auf die Uhr. Aber das ändert nichts an der gelaufenen Zeit. Gedankenverloren wische ich den Speichel aus meinen Mundwinkeln, bemerke kaum das Blut, das sich mit dem Speichel vermischt. Nasenbluten?

Was ich jetzt brauche, ist eine heiße Dusche. Mit zitternden Fingern schließe ich die Wohnungstür auf und ziehe mich drinnen aus.

Eine herrliche Erfindung, so eine Dusche. Ich fühle mich besser, gereinigt vom Schweiß und schweren Gedanken. Das Dröhnen im Kopf ist wie fortgespült. Meine Eigentherapie hat einmal wieder angeschlagen. Laufen gegen Trübsal!

Abends höre ich in den Lokalnachrichten, dass draußen am Deich wieder eine junge Frau ermordet worden ist. Ermordet und vergewaltigt. So ein Schwein! Es muss fast zur gleichen Zeit gewesen sein, als ich auch am Deich war. Wäre ich nur etwas früher dort gewesen, dann hätte ich ihn vielleicht noch an der Tat hindern können. Vielleicht …

Zatopeks Triathlon

Emil Zatopek aus der Tschechischen Republik ist eine Legende des Laufsports. Weltrekorde und Olympiasiege über 5.000 m, 10.0000 m und die Marathonstrecke wurden von ihm erzielt.

26.04.2010: Morgens 08 Uhr 30, Hamburg-Marathon, noch 30 Minuten bis zum Start. Alle Vorbereitungen sind sorgfältig getroffen, die Laufklamotten sind komplett, meine Pulsuhr ist betriebsfertig, der Körper an den neuralgischen Stellen wie in den Achselhöhlen und im Schritt gut geschmiert, die Brustwarzen abgeklebt. Der Chip am Schuh befestigt, Trink- und Verpflegungsgürtel sind gefüllt, alles klar.

08 Uhr 40: Ich habe meinen Startblock gefunden, mich eingewöhnt, erste Gesprächskontakte aufgenommen. Ich überprüfe Sitz und Festigkeit der Schnürsenkel. Alles klar, nicht zu fest. Die Nervosität steigt, auch der Puls.

08 Uhr 50: Nicht nur ich, auch alle in meiner Nähe sind nervös wie junge Fohlen. Wir trippeln auf der Stelle, werfen wieder und wieder einen Blick auf die Uhr. Mein Puls liegt bei knapp einhundertzwanzig.

08 Uhr 55: Lautsprecherdurchsagen ertönen, letzte Hinweise zum Rennablauf, Nennung der Sponsoren ... Ein Blick auf die Pulsuhr zeigt einhundertdreißig Schläge pro Minute.

08 Uhr 59: Nicht mehr benötigte T-Shirts fliegen über die Meute, wärmende Plastikumhänge schwirren umher, dann das obligatorische Herunterzählen aus Tausenden Mündern: 10, 9, 8, 7... hantieren an der Pulsuhr,... 3, 2, 1... Startschuss! Fast drei Minuten dauert es, bis ich über die Startlinie laufe und mit dem am Schuh befestigten Chip meine individuelle Startzeit auslöse.

Erst nach etwa zwei Kilometern habe ich mein Tempo gefunden, meinen Rhythmus, der mich heute über die Marathondistanz bringen soll. Kilometer um Kilometer spule ich herunter, scheinbar leicht und locker und ohne erkennbare Probleme passiere ich die Zwischenzeiten bei fünf und zehn Kilometern. Und weiter geht es.

Km 15: Alles läuft gut, ich bin in der Zeit.

Km 18: Ich fühle mich super, keine Probleme mit der Form.

Halbmarathon: 1 Minute vor der Planzeit.

Km 25: Alle Muskeln und Gelenke o. k., weicher und geschmeidiger Lauf.

Km 27: Automatisiertes Laufen, Schritt für Schritt: eins, zwei, drei, links, rechts, links, Za-to-pek, Za-to-pek,...

Km 32: Warten auf den Mann mit dem Hammer. Kommt er oder nicht?

Km 35: Za-to-pek. Za-to-pek ... Übergang in den anaeroben Bereich, der Kick stellt sich ein. Wie war das Motto der tschechischen Lokomotive noch? „Vogel fliegt, Fisch schwimmt, Mensch läuft". Ja, ich laufe und laufe und laufe. Die Realität schwindet, bunte Bilder entstehen im Kopf, ein farbenfrohes Kaleidoskop zieht durch meine Hirnwindungen, und immer weiter Za-to-pek. Za-to-pek ... Aus meinem Nacken steigt ein frisches Prickeln in meinen Kopf, es sprudelt in meinem Hirn, macht mich leicht und locker.

Ein Schub treibt mich unvermittelt nach vorne, was ist los? Ein starker Windhauch hat mich erfasst, ein plötzlicher Schatten umhüllt mich. Woher kam er? Ich schaute nach oben. Grau-weißes Gefieder über mir. Plötzlich schießen gelbe Krallen auf mich nieder, erfassen mich am Trikot und heben mich in die Luft. Ich verliere den Kontakt zum Boden und bald sehe ich die laufende Meute unter mir auf der Straße, ein immer kleiner werdender bunter Wurm. „Vogel fliegt!" So hatte der gute alte Emil es ausgedrückt, als er nach seiner Motivation zum Laufen gefragt wurde. Aber das hier konnte keine Realität sein, oder? Der Adler trägt mich weiter voran.

„Nun die dritte Disziplin" krächzt es von oben. Die dritte Disziplin? Was meint der Riesenvogel über mir? Das wird mir schlagartig klar gemacht! Der Adler löst seine Krallen aus meinem Trikot und in rasender Geschwindigkeit geht es nach unten. Mit einem Platschen falle ich ins Wasser, klatschend schlagen die Wellen über mir zusammen, ich tauche unter. Klar: „Fisch schwimmt", hatte Zatopek gesagt.

Das kühle Wasser reißt mich aus meinen Halluzinationen. Ich trudele aus und schaue automatisch auf die Uhr. 03:19:22. Neue Bestzeit, super gelaufen!

Spätsommerabend

Als ich mich für diesen Trainingslauf vorbereitete, ahnte ich noch nicht, was ich in den kommenden zwei Stunden erleben würde.

Mein Weg sollte mich von meinem Heimatdorf Almdorf, am Marsch-Geest-Rand liegend, durch das Tal der Ostenau zum benachbarten Geestdorf und weiter durch ein Restmoor zum Mischwald führen. Jenseits des Waldes sollte das sanfte Hügelland der Geest weiter ansteigen, bevor ich den Rückweg antreten würde. Den Weg hatte ich so gewählt, dass ich keine Strecke doppelt laufen musste.

Es war eine wunderbar laue Luft, Ende August. Trotz des frühen Abends waren es noch knapp zwanzig Wärmegrade, so dass ich leichte und luftige Laufbekleidung wählte. Die Tage wurden schon kürzer, aber es war hell genug, um noch einen Trainingslauf in Angriff zu nehmen. Es sollte ein langer Lauf von zwanzig Kilometern werden, langsames Tempo, ein Genusslauf.

Als ich aus der Haustür trat, bemerkte ich aus den Augenwinkeln ein rasches Huschen. Unser Wiesel, das seine Behausung unter dem Brennholzvorrat hatte, war auf Beutezug. Ein schöner Anblick! Weiter ging es hinunter in das Tal der Ostenau. Auf der Brücke blieb ich kurz stehen und beobachtete die Entenfamilie, die den Sommer über hier ihr Revier hatte. Zu meiner Überraschung erblickte ich auf der benachbarten Wiese einen Weißstorch. Störche waren selten geworden, da ihr Nahrungsvorrat durch die intensive Landwirtschaft stark eingeschränkt worden war. Schön, Adebar, dass ich dich sehen durfte!

Gemächlich lief ich weiter, durchquerte das alte Bauerndorf Bohmstedt, um dann in die Niederung zum Moor zu gelangen. Es war nur noch ein Rest des ehemals großflächigen Moores da. Ich erinnerte mich, dass wir in meiner frühen Kindheit noch getrockneten Torf zum Heizen benutzt haben. Kleine Bachläufe, eher schmale Kanäle durchzogen das feuchte Land. Ein Graureiher stand stocksteif am Grabenrand und suchte nach Nahrung.

Der schmale Sandweg verlief über eine kleine, kaum sichtbare Geländeanhöhe. Hier soll nach alter Überlieferung ein heidnischer Tempel der Wikingerzeit, Donars Haus genannt, gestanden haben. Im Zuge der Christianisierung wurde daraus das Antonius-Haus, eine frühe christliche Kirche. Auch sie existierte heute nicht mehr.

Plötzlich tauchte von links ein Fuchs auf. Er kam aus dem Schilf und schnüffelte nun am Wegesrand nach Spuren. Dann sah Reinecke unvermittelt auf, entdeckte mich und verschwand wieder. Sein Weg durch das Moor wurde aber von einem jähen Auffliegen von fünf oder sechs Rebhühnern verraten. Aufgeregt gackernd flogen sie ungeordnet umher, um sich dann nicht weit entfernt auf der Wiese nieder zu lassen.

Das Gelände stieg weiter an. Ich überquerte eine Straße und strebte dem Haaks, einem Ende des 19. Jahrhunderts angelegten Mischwald, zu. Die ehemalige und von Theodor Storm in seinen Gedichten so schön beschriebene Heide war damals urbar gemacht worden. Teils wurde es Ackerland, teils Wald. Eine relative Kühle hüllte meinen erhitzten Körper beim Eintauchen in den Wald ein. Die wohltuende Frische tat mir gut und ich genoss die Abendluft und die verschiedenen Düfte des Waldes. Ich wusste, hier im Wald sollte es mehrere Uhus geben, aber außer ihrem unheimlichen Rufen hatte ich noch nichts von ihnen bemerkt.

Nach gut einem Kilometer verließ ich den Wald, um zu den „Sieben Bergen" zu gelangen, oder Söbenbargen, wie es auf plattdeutsch hieß. Dabei handelte es sich um eine Ansammlung von sieben Megalithgräbern aus der

Steinzeit. Germanenhäuptlinge sollen hier in den Hünengräbern ihre Ruhe gefunden haben. Die Gräber und der Wegesrand waren mit Erika bewachsen, letzte Zeugen der ehemaligen Heidelandschaft.

Zwischen zwei Hünengräbern entdeckte ich drei Rehe, die friedlich im Gras ästen.

Es wurde Zeit, den Heimweg anzutreten. Dazu folgte ich einem Radwanderweg, der längs der Straße verlief. Dann bog ich ab und kam zurück zum Haaks, diesmal am nördlichen Waldrand. Weiter rechts öffnete sich der Wald zu einer Wiesenlandschaft mit kleinen Waldstücken. In einem dieser Kleinforste befand sich seit einigen Jahren ein Seeadlerhorst. Sie hatten sich hier wieder angesiedelt und waren heimisch geworden. Oft hatte ich sie übers Land zur nahen Nordsee ziehen sehen, um Nahrung zu holen. Erst vor ein paar Tagen waren zwei Jungtiere bei ihren Kampfspielen am Himmel zu beobachten gewesen. Ein wunderbares Schauspiel.

Und mit einem Mal spürte ich den großen Vogel fast. Ich glaubte, einen Luftzug auf der Haut zu bemerken. Er flog in geringer Höhe über mich hinweg, weiter im Sinkflug, um dann wieder an Höhe zu gewinnen und irgendwo zwischen den Baumwipfeln zu landen. Was für ein Erlebnis!

Wie verzaubert lief ich weiter, dachte immer an die Begegnung mit dem Adler, aber auch all den anderen Tieren, die sich heute auf meinem langen Lauf gezeigt hatten.

Ich war angefüllt mit Glückshormonen, nicht nur vom langen Lauf, sondern auch von all der Schönheit an Landschaft und Tierwelt, die ich heute genießen konnte.

Über das Watt

Bong! Mit Schwung warf ich den Hörer auf die Gabel. Das war geschafft. Nach langem Hin und Her war der Auftrag drin. Ein gutes Geschäft. Ich konnte mehr als zufrieden sein: für ein Jahr das Beratungsmandat und das zu sehr guten Konditionen.

Ich beschloss, für heute Schluss zu machen. Zwar war es erst früh am Nachmittag, aber dies war ein besonderer Anlass. Man muss auch genießen können.

Kurz entschlossen zog ich meine Laufbekleidung an, wählte ein paar leichte Laufschuhe, legte die Sportuhr um, schnappte mir eine Trinkflasche und ein großes Handtuch. Mit dem Auto fuhr ich die paar Kilometer durch die Marsch, überquerte den Deich und fuhr langsam durch den Beltringharder Koog. Vor zwanzig Jahren war der Koog entstanden, als Sicherungs- und Schutzzone für die hinter den Deichen lebenden Menschen. Erstmals war die so gewonnene Fläche nicht landwirtschaftlicher Nutzung zugeführt worden, sondern es war ein riesiges Naturschutzgebiet entstanden, heute als Nationalpark geschützt, mit Salz- und Süßwasserbiotopen, Salzwiesen und Schilfgürteln. Von mehreren Beobachtungsstellen aus kann man zu allen Jahreszeiten

74

viele verschiedene Arten von Wasservögeln, aber auch Rehe, Hasen und andere Tiere beobachten, die sich hier mittlerweile angesiedelt haben. Vor allem im Frühjahr und Herbst halten sich hier Tausende von Zugvögeln auf, um sich für die weitere Reise nach Süden oder Norden zu stärken.

Bald kam ich zum Außendeich, der von der ehemaligen Insel Nordstrand hinauf nach Schlüttsiel reicht. Hier am Deich stellte ich das Auto auf dem Parkplatz ab, machte einige Lockerungsübungen und startete dann die Stoppuhr.

Mit einigen kurzen, aber kräftigen Schritten erreiche ich über den steil ansteigenden landseitigen Schenkel des Deiches dessen Krone und laufe mit langen Schritten den flach abfallenden seeseitigen Schenkel hinunter zum Wasser.

Es ist ein unglaubliches Gefühl: Rechts vor mir die Kilometer lange grüne, sich scharf gegen den stahlblauen Frühwinterhimmel abzeichnende Deichlinie, in weitem Bogen nach Westen schwingend, sich in der Ferne verlierend. Links das Wattenmeer, glitzernd in der Wintersonne, darauf schwimmend die Halligen, nur als dunkle Striche zwischen Himmel und Wasser erkennbar, darauf

auf den Warften einige Häuser, nur als Schattenbild gegen die Helligkeit des Himmels wahrnehmbar. Lüttmoor, Habel, Hooge, Gröde oder Langeness, so heißen die winzigen Eilande in der Weite der Nordsee, Namen, ebenso fremdartig klingend wie ihr Aussehen. Nur wenige weiße Wolken liegen in einer Linie über dem Horizont unter einem unendlich erscheinenden Himmel.

Weidende Schafe zu Hunderten am Deich, segelnde Möwen am Himmel, vor sich hin dümpelnde Austernfischer im Wasser, sonst nur ich allein in dieser Natur. Kilometer um Kilometer folge ich dem schmalen Asphaltweg an der Wasserkante, den großen Bogen entlang, sodass mir die Wintersonne nun ins Gesicht scheint. Bald komme ich an einen aus Betonplatten bestehenden Weg, der auf einem leicht erhöhten Damm durch das Wattenmeer führt, schnurgerade, fast viertausend Meter weit. Dieser Damm verbindet die kleine Hamburger Hallig mit dem Festland. Nur ein Haus, eine Gastwirtschaft, gibt es hier draußen in der Einsamkeit. Jetzt ist alles leer, die Saison ist längst vorüber, die Touristen sind nicht mehr da.

In der Ferne liegt ein dunkler Strich über dem Watt, es ist der Damm zur Hallig Nordstrandischmoor. Darauf

76

bewegt sich wie eine Raupe der kleine Lorenzug, der die Halligbewohner mit Waren versorgt oder Gäste bringt.

Ich laufe wie automatisiert diese Strecke, sauge die Bilder um mich herum auf, verinnerliche die Schönheit dieser einmaligen Landschaft, inhaliere die salzige, mit verschiedenen Gerüchen versetzte Luft. Es riecht nach Schlick und Tang, nach Fisch und Salz. Ja, fast glaubt man, die Nordsee schmecken zu können. Auf der Haut spüre ich die kalte, aber frische Meeresluft, atme sie tief ein, bis in die tiefsten Lungenzipfel. Die Augen lasse ich über den Horizont schweifen, sehe blauen Himmel, glitzerndes Wasser, die grellgoldene Sonne, ein wenig grünes Land, das dunkle Haus des Halligkroges mit seinen weißen Fenstern.

Meter um Meter laufe ich weiter, komme in den Bereich, wo die anaerobe Schwelle erreicht wird. Ich verliere das Gefühl für Zeit und Raum, nehme meine Umgebung nur als konturenlose Weite wahr. Unter den dünnen Sohlen der leichten Laufschuhe spüre ich die Schwingungen des Weges auf dem federnden, unbefestigten Untergrund. Zeilen eines Gedichtes von Storm kommen mir in den Sinn: ‚Über die Heide hallet mein Schritt, dumpf aus der Erde wandert es mit‘. Und dann aus einem anderen Gedicht auch die folgende Zeile: ‚Ich höre des gärenden Schlammes geheimnisvollen Ton'. Bilder tauchen aus meiner Fantasie auf, sie gaukeln mir das Gefühl vor, über den alten Handelsort Rungholt zu laufen, die vor fast siebenhundert Jahren in einer gewaltigen Flut untergegangen war. Das passiert mir immer wieder: Die Fantasie, das Kreative, gewinnt die Oberhand, das Rationale, die Logik, dagegen tritt in den Hintergrund. Farben schießen in meine Gedankenwelt, bizarre Formen, die ich jetzt nicht deuten kann. Alle Sinne sind geschärft und fassen das Aufgenommene zu einem wunderschönen Gefühl zusammen, das unbewusst ein Lächeln auf mein Gesicht zaubert.

Ich verlangsame mein Tempo, komme Schritt für Schritt zurück in die Wirklichkeit, genieße das Wetter, die einzigartige Landschaft, spüre selbst als Einheimischer die Faszination des Wattenmeeres. Die Badestelle Lüttmoorsiel ist nicht mehr weit. Erst jetzt bemerke ich, dass mir vereinzelt Menschen entgegenkommen, Spaziergänger, Skater, Radfahrer. Einige sehen mich verwundert, vielleicht verständnislos an, andere lächeln mir zu, grüßen. Ich bin wieder klar, habe den Ausgangspunkt meines Laufes erreicht. Und es ist wie nach jedem guten Lauf: ,Das, was Du jetzt erlebt hast, diese Freiheit, dieses unbeschreibliche Glücksgefühl, diese Zufriedenheit, die kann dir keiner nehmen!'. Ich speichere diese Eindrücke, hebe sie wie Kleinode auf, sammle sie in meiner Erinnerung und kann sie jederzeit wieder abrufen.

Autor

Marten Petersen, Jahrgang 1952, geboren und beheimatet in Nordfriesland, unweit der Nordsee. Er ist freiberuflicher Diplom-Betriebswirt und Windmüller. Die Familie lebt in Deutschland und in Schweden. Marten Petersen ist engagierter Läufer über alle Strecken bis hin zum Marathon. Er verfasst Texte Prosa und Lyrik und ist damit in mehreren Anthologien vertreten. Fünf Anthologien wurden von Marten Petersen herausgegeben. Der Roman »Leif – Ein Wikingerabenteuer« erschien 2017.

Mitglied im Verband der Schriftsteller in Schleswig-Holstein.

LEIF – Ein Wikingerabenteuer

Eine vernichtende Nordseeflut zerstört die Heimat von Erk, Gyde und Folkbert. Als Waisen flüchten sie nach Haithabu, wo sie auf Leif aus Südschweden treffen. Hier nimmt das gemeinsame Leben voller Abenteuer seinen Lauf. Liebe und Freundschaft werden auf die Probe gestellt. Folkbert sucht seinen Weg zwischen heidnischem Glauben und der neuen Lehre der Christen. Erk und Leif müssen ihren Mut und ihre Stärke auf Beutezügen beweisen. Die Naturgewalten des Nordens, das Treiben der Götter und Trolle, die Abenteuerlust der Nordmänner bestimmen den Weg der jungen Leute. Der erfolgreiche Überfall auf die gräfliche Burg der Udonen füllt die Bäuche der Schiffe mit Silber. Der dreiste Kampf mit dem Herzog von Essex und ein geschickter Vertrag mit König Ethelred am Londoner Hof legen den Grundstein für künftige erfolgreiche Handelsbeziehungen.

LEIF – Ein Wikingerabenteuer
Marten Petersen
Taschenbuch: 368 Seiten
Verlag: Books on Demand; Dezember 2017
ISBN-13: 978-3746047782
Preis: 13,95 € (Taschenbuch) – 5,99 € (Ebook)